暖心
美读书

名师导读
彩插版

热爱生命

汪国真 著

蒋晓英——导读

长江出版传媒 | 长江文艺出版社

既然选择了远方
便只顾风雨兼程
——《热爱生命》

书声琅琅传天外
壮志在胸怀
——《学校的一天》

有一种纯朴

让人无法忘怀

——《藏地男孩》

暖心美读书（名师导读彩插版）
高端选编委员会

（以年岁为序）

谢　冕　著名文学评论家，北京大学中文
　　　　系教授

周国平　著名哲学家、作家，中国社会科
　　　　学院哲学研究所研究员

王泉根　著名文学评论家，北京师范大学
　　　　文学院教授

曹文轩　著名作家，北京大学中文系教授，
　　　　北京作家协会副主席

朱永新　著名教育家，苏州大学教授，中
　　　　国民主促进会中央委员会副主席

相信精神，相信文学的力量

——《暖心美读书（名师导读彩插版）》总序

王泉根

阅读决定高度，精神升华成长。

阅读是生命的重要组成部分。人生的阅读史就是给生命打底的历史、精神发展的历史。在今天这个网络阅读、手机阅读、图画阅读已经成风的多媒体时代，图书阅读依然显得十分重要，静静地捧读书本的姿态，依然是一种最迷人、最值得赞美的姿态。

少年儿童的精神生命如同夏花般蓬勃开放生长。认知、想象、情感、道德、审美、智慧，是给少年儿童精神生命打底的重要内容，也是阅读的重要内容。从优美的、诗意的、感动我们心灵的文学经典名著中，感悟道德的力量、审美的力量、艺术的力量、语言的力量，保卫想象力，巩固记忆力，滋养我们精神生命的成长，这是文学阅读的应有之理，应获之果。

长江文艺出版社奉献给广大小读者、同时也适合大读者阅读的这一套文学精品书系，我更愿意把它作为"经典"来解读。

界定"经典"是难的，如同界定"美"是难的一样。我曾在一篇文章中，对"文学经典"做过如下表述："所谓文学经典，就是那些打败了时间的文字、声音、表情，那些影响我们塑造人生，增加底气，从而改变我们精神高度的东西。"显然，文学经典是可以装进我们远行的背囊，陪伴我们一生的。因为，人的一生，在任何年龄，任何时空，都需要增加底气，增加精神的高度，这样的人生才不会在时间的潮汐中虚度遗恨。

经典阅读既是高雅的阅读行为与文学享受，但同时也是一种人文素养的养成性教育。对于一个正在发育和成长中的少年儿童来说，单有学校的教材教育是远远不够的。成长中的少年儿童，正处于"多梦的年代"，也处于"多思的年代"，他们正在逐步形成独立思维和个体情感，对自己所处的环境和未来发展需要有客观的认识与准备，需要养成积极乐观的人生态度、抗拒挫折的意志和能力，当他们今后走上社会与职场，独立面对自己的现实，独立承受自己的未来时，才不会茫然失措、无从应对。而这些精神"维生素"与人生智慧，往往深藏在经典名著之中。因而经典可以使人终身受益，在人的一生中发挥潜移默化的精神灯火作用。

长江文艺出版社奉献给广大读者朋友的这一套《暖心美读书（名师导读彩插版）》，从文学史、精神史、阅读史的维度，萃取百年中外文学经典名著于一体，立足于少年儿童的阅读接受心理与精神追求，邀请名师进行导读，邀请画师配以精美插图，从选文内容、文学品质、文体类型、装帧设计、图文配制等各个环节，都做到了目前能做到的"最高"功夫，可以说这是一套为新世纪的读者特别是广大少儿读者"量身定做"的文学精粹。

耶鲁学派的代表人物布鲁姆说："没有经典，我们就会停止思考。"经典的永恒价值在于凝聚起现实与历史、人生与人心、上代与下代之间向上向善向美的力量！

有一种力量，让成长充满审美。有一种力量，让青春刚柔并济。有一种力量，让梦想不再遥远。有一种力量，让未来收获吉祥。幻想激活世界，文学托举梦想。相信阅读，相信精神，相信文学的力量。

2017 年 2 月 9 日于北京师范大学文学院

来了，便是一片清新

蒋晓英

"当我走来的时候／这里便多了一处风景。"斯人已逝，诗歌犹芳，重读汪国真的诗，眼前依旧一片明丽清新，心中依旧一片熨帖温暖，"不要那么多'学问'／这会妨碍心灵的靠近／多么美好／原野的自然／让人感觉清新"。诗人和他的诗仍如春树般流翠溢香，夏花般明艳泛光，秋野般铺金染黄，冬雪般晶莹清亮：一切随着自然而着色，一切任由心灵而描画。

汪国真，中国当代诗人、书画家，1956 年 6 月 22 日出生于厦门，1982 年毕业于暨南大学中文系，毕业后被分配到中国艺术研究院。1984 年在湖南杂志《年轻人》上发表《我微笑着走向生活》，得到多家杂志先后转载。他的诗最初多以"手抄"形式流行，1990 年第一部诗集《年轻的潮》出版，受到了狂热追捧。之后，多部诗集相继出版，曾创造过一本诗集年销售 40 多万册的奇迹，轰动近十年之久，特别是在全国青少年中产生了广泛积极的影响。汪国真，已经成为诗坛永远的一抹亮色。2015 年 4 月 26 日，汪国真离世，享年 59 岁。

读他的诗，不会担心跌进厚厚脂粉掩盖的玄虚幻境，不会害怕掉进晦涩阴森的语言陷阱，更不会畏惧坠入复杂幽深的意象洞穴。读者仿佛总在浩瀚晴蓝的天空下，在星子闪烁的月夜里，徜徉于情感旷野，漫步于哲理小径，悠然惬意地欣赏人生千般风景。这正如诗人所言：

真正的深刻是简洁／真正的成熟是单纯。

简单而深刻，这是一种难以企及的高度。简单，并非对任何人而言都意味着丰富，意味着力量。汪国真却能以简单的形式去承载深刻的内涵，能以朴素的招数去爆发巨大的力量：这是他的奇迹，也是诗坛的奇迹。

汪国真的诗短小精悍，结构单纯，句式简洁，讲究对仗，语言浅显，叙事方式传统，曾因此被怀疑其艺术价值。然而，就是这样的诗，抒写出了人们的普遍情感，融进了人生丰富哲理，渗透了人文精神的关怀，创造出清丽优美、耐人寻味的意境，满足了广大青少年读者的阅读与审美的渴求，使读者在与诗人的共鸣中，获得了审美愉悦，提高了审美情趣。

如本诗集第一首诗《热爱生命》，全诗共四段，每段三行，结构相似，句式语义也大体一致，只是在对应位置上变换部分词语和意象，如同《诗经》的重章复沓，一咏三叹，同时注重押韵，读来朗朗上口，富有节奏感与音韵美。不过，虽然四个段落看上去相似，但角度与意趣仍各有不同。诗第一节从"成功"写起，"既然选择了远方，便只顾风雨兼程"表现出一种追求理想顽强进取的精神；二、三节从"爱情""奋斗"两方面继续分析与咏叹，以"玫瑰""寒风冷雨""地平线""背影"这些鲜明新颖的意象推进诗意，铺垫情感；到最后一节写到"未来"时，情感的蓄积到了一定浓度，达到饱和后，自然凝出结晶，读者与诗人都获得了水到渠成的感悟与升华："只要热爱生命，一切都在意料之中。"整首诗表达了对生命、生活以及一切有意义事物的热爱，强调了奋斗、追求是热爱生命的表现，展现出一种积极昂扬、信念坚定、勉人奋进的气势。这也是汪国真诗歌主题的一贯特征。

汪国真以自己的人生体验和对生命的深沉思考，去表达真诚的人文精神关怀，这种哲理内涵与人文关怀几乎贯穿了他的所有诗。如"垂下头颅／只是为了让思想扬起／你若有一个不屈的灵魂／脚下，就会有一片坚实的土地"（《旅程》），"河上没有桥还可以等待结冰／走过漫长的黑夜便是黎明"（《学会等待》）。

单纯而成熟，也是汪国真独具的魅力。世间众相，纷纭繁杂，若要保持一颗单纯的心，实属不易；还要在此基础上修炼出成熟的生命，更是难上加难。汪国真却能常常立于红尘之上，俯瞰现实，将潇洒、飘逸、豁达、恬淡等熔铸成一颗单纯的心，去写诗，去生活，去丰稔生命。

对于生活，诗人说："我微笑着走向火热的生活。"无论"平坦"，还是"崎岖"；无论"幸福"还是"不幸"，"我"依然保持"微笑"。静看花开花落，笑对云卷云舒，"我"的心底"也无风雨也无晴"（苏轼）。

对于爱情，诗人说："爱/不要成为囚/……淡淡的雾/淡淡的雨/淡淡的云彩悠悠地游。""只要彼此爱过一次/就是无憾的人生。"在诗人心里，爱不是疯狂，不是占有，不是囚禁；爱是眷恋，是欣赏，是自由；爱是为了对方幸福美好的放手，爱就是单纯的爱。

对于友谊，诗人说："月圆是画/月缺是诗。"只要人长长久久，相隔千里还能共享婵娟，这，仍是一种美满。

对于历史，诗人说："历史在不断地演变/留下的是筛了又筛的记忆。"（《日暮》）

……

诗人始终以纯净的微笑、从容的气度、质朴的语言，娓娓地讲述着人生的悲欢离合、沉浮起落。似乎儒家的进取与道家的超然，都完美地融合在诗里：奋斗只是单纯地为了奋斗，过程远比结局美丽；爱只是为了单纯去爱，悲恨情仇不重要。这让读者特别是沉湎于烦恼痛苦或遭受过磨难的人，能很快找到一剂调适心理、振奋精神的良方，能很快从狂喜大悲、浮躁沮丧中变得沉稳，趋于理性，走向成熟。

诗人的单纯不只在诗歌里，还体现在他的生活中。二十世纪九十年代，当"汪国真热"兴起时，鲜花与石子同时扔向诗人，毁誉并起，而质疑批判的声音多来自学术界，一时间甚嚣尘上。在当时追求先锋、新锐、前卫的大创作背景下，特别是在"精英文化"的批判下，汪国真是孤独无助的；但他仍然坚持自己的创作理想，竭力洗去诗歌意象杂乱、语言聱牙、晦涩艰深的"脂粉"，放下诗歌高傲的架子，还给诗歌一张芙蓉素面，一个亲切的表情，最终惊艳了民众，也打动了时光。时至今天，汪国真的诗仍然焕发着生命力，许多经典诗句早已成为当代人励志人生、慰藉心灵的不可或缺的灵药仙丹，时间已证明汪国真的创作并不是一时的媚俗，而是遵循了创作规律、能被广大读者接受和认同的具有艺术价值的佳作。诗人说："可以不是伟大，但要让质朴闪烁光华。"他以单纯的心写诗写人生，以自己的生命之火点燃了旁人的火。

汪国真最能感应到青少年读者心弦振动的频率，最能将其幽微难言的对时代与人生的体察感悟化成简约晓畅的诗句，既明朗清丽又细腻婉转，既自然平易又张力十足，既理性冷静又怦然心动……恰如花半开，如酒微醺，恰到好处，回味不尽；亦如甘泉，如清茗，诱人如饥似渴地畅饮。

由于时代浪潮的冲击，正在成长的青年一代难免陷入苦闷彷徨、失望忧伤，特别是当今的社会，高速发展，竞争激烈，在追求理想的过程中容易遭遇挫折失败、感到孤独寂寞，那么，阅读汪国真的诗歌更显得必要。不仅那短章微制、自然灵动的诗句能安放我们的浪漫情怀；而且他对人生价值与理想的探讨、对爱情亲情友情的思考、对风物历史的咏叹，更会让我们获得人生的感悟和精神的升华；从而获得强大的生命能量，支撑我们去与自我搏斗，去战胜精神惰性，去勇于承担责任。

诗人说："我携着色彩而来／来了，便是一片清新。"那么，打开诗卷，分享清新，收获明媚，温暖生命。

目 录
CONTENTS

热爱生命

我不去想是否能够成功
既然选择了远方
便只顾风雨兼程

我不去想能否赢得爱情
既然钟情于玫瑰
就勇敢地吐露真诚

我不去想身后会不会袭来寒风冷雨
既然目标是地平线
留给世界的只能是背影

我不去想未来是平坦还是泥泞
只要热爱生命
一切，都在意料中

山高路远

呼喊是爆发的沉默
沉默是无声的召唤
不论激越
还是宁静
我祈求
只要不是平淡

如果远方呼喊我
我就走向远方
如果大山召唤我
我就走向大山
双脚磨破
干脆再让夕阳涂抹小路
双手划烂
索性就让荆棘变成杜鹃
没有比脚更长的路
没有比人更高的山

旅程

意志倒下的时候
生命也就不再屹立
歪歪斜斜的身影
又怎耐得
秋叶萧瑟　晚来风急

垂下头颅
只是为了让思想扬起
你若有一个不屈的灵魂
脚下，就会有一片坚实的土地

无论走向何方
都会有无数双眼睛跟随着你
从别人那里
我们认识了自己

学校的一天

晨练

天将晓
同学醒来早
打拳做操练长跑
锻炼身体好

早读

东方白
结伴读书来
书声琅琅传天外
壮志在胸怀

听课

讲坛上
人人凝神望
园丁辛勤育栋梁
新苗看茁壮

赛球

篮球场
气氛真紧张
龙腾虎跃传球忙
个个身手强

灯下

星光闪
同学坐桌前
今天灯下细描绘
明朝画一卷

让我怎样感谢你

让我怎样感谢你
当我走向你的时候
我原想收获一缕春风
你却给了我整个春天

让我怎样感谢你
当我走向你的时候
我原想捧起一簇浪花
你却给了我整个海洋

让我怎样感谢你
当我走向你的时候
我原想撷取一枚红叶
你却给了我整个枫林

让我怎样感谢你
当我走向你的时候
我原想亲吻一朵雪花
你却给了我银色的世界

我携着色彩而来

当我走来的时候
这里便多了一处风景

我不是携着蓝色
走向海洋
蓝色
已成不了海洋的风景

我不是携着绿色
走向草原
绿色
已成不了草原的风景

我不是携着红色
走向山丹丹盛开的地方
红色
已成不了山丹丹盛开的地方的风景

我携着色彩而来
来了，便是一片清新

挡不住的青春

曾经有过那么多惆怅
想起往事　令人断肠
我不知道
我的追求在何方
道路在何方
问风问雨问大地
却没有一点回响
岁月静静地流淌

可是谁甘心总是这样迷惘
可是谁愿意总是这样惆怅
我要歌唱
哪怕没有人为我鼓掌
我要飞翔
哪怕没有坚硬的翅膀
我用生命和热血铺路
没有一个季节
能把青春阻挡

如果

如果忘不掉秋雨
那就暂且把记忆叠起
如果想念那朵落英
那就再栽一片新绿
不必去寻找希望
希望就在你的心里

如果摸不到黎明
那就再一点早起
如果遇不到爱情
那就走向更广阔的天地
不必去呼唤未来
未来就在你的手里

致我的热情

我有太汹涌的热情
是因为我有太多的梦
即便在寒风凛冽的日子里
我的热情　也不会结冰
既然相信春天必然来临
为什么不相信
命运也会有黎明
抬起曾经迷惘的头颅
却原来满天都是星星

一个心愿

树
老得只剩下
风烛残年
却依然挺着
岁月深刻的躯干

要老
就老成一棵树吧
一个年轻人
在心中许下了
一个不老的心愿

为了明天

我们现在所做的一切
都是为了明天
明天
并不遥远
当为了一个神圣的期待
甚至可以献出一切
我们已不需要
再发什么誓言

没有比为了明天
更激动人心的事了
就像一个太阳
能使万物都戴上绚丽的光环
尽管我们相视无语
却已了然
我们将去走的路
会像金子一样诚实
不含有任何闪着光泽的欺骗

生命的堤岸

不论什么时候
我的失望
也不会无边无沿
令心事滂沱任泪水漫卷
海水可以漫过沙滩
却漫不过生命的堤岸
在追赶黎明的路上
走过多少崇山峻岭
便挥洒多少青春的
执著与斑斓

写生

你好，原来你在这里
金色的树林
绿色的草地
阳光展开的斑斓裙裾

少年，用十六岁
支起欢乐
支起幻想
支起希冀

丹青妙手
不必
不必
十六岁
正是画不出的年纪

我微笑着走向生活

我微笑着走向生活
无论生活以什么方式回敬我

报我以平坦吗
我是一条欢乐奔流的小河

报我以崎岖吗
我是一座大山庄严地思索

报我以幸福吗
我是一只凌空飞翔的燕子

报我以不幸吗
我是一根劲竹经得起千击万磨

生活里不能没有笑声
没有笑声的世界该是多么寂寞

什么也改变不了我对生活的热爱
我微笑着走向火热的生活

荣誉

因为年轻
才那样渴望获得
因为成熟
又把获得的遗弃
得到的东西
不再是我憧憬的
我所憧憬的
是还没有得到的东西

奖牌　是一阵风
金杯　是一阵雨
跋涉才是太阳呵
永恒地照耀
心灵的土地

依然存在

风吹过
大树依然存在

浪埋过
礁石依然存在

阳光晒过
海洋依然存在

浮云遮过
光明依然存在

年轻真好

我们一同用心捧起晶亮的雨滴
我们一起用手挽住飘逸的长风
我们在春天的原野默默祝愿生命与永恒

那云朵的洁白是我们真挚的过去
那湖水的丰盈是我们蓄满的深情
那空气里激荡着的是我们露珠般闪烁的笑声

羡慕我们吗　二月还有十月
嫉妒我们吗　大地还有天空
我们为这个季节的烂漫深深感动
年轻真好　真好年轻

校园的小路

有幽雅的校园
就会有美丽的小路
有美丽的小路
就会有求索的脚步

忘却的事情很多很多
却忘不掉这条小路
记住的事情很多很多
小路却在记忆最深处

小路是条河
流向天涯
流向海角
小路是只船
驶向斑斓
驶向辉煌

在这个年龄

在这个年龄
什么都值得记忆
无论哪一个季节走来
都是难忘的花期

在这个年龄
生长很多幻想
也生长很多忧郁
渴望像一株健硕的昙花
一朵朵醒来
又一朵朵睡去

在这个年龄
要哭你就尽情地哭
要笑你就尽情地笑
在这个年龄
不必太含蓄

我们并不陌生

我们并不陌生
我们早已熟悉
年轻的心
总是相通的
甚至不需要言语

夜晚，因为有了星星
才变得美丽
人生，因为有了友情
更值得记忆

我们早已熟悉
我们同在春天的季节里

让我们把生命珍惜

世界是这样的美丽
让我们把生命珍惜
一天又一天
让晨光拉着我
让夜露挽着你

只要我们拥有生命
就什么都可以争取
一年又一年
为了爱我们的人
也为了我们自己

岁月的桂冠

冬天将要离开的时候
痛苦得哭了
春天走来的时候
它的眼泪还没有干
这是没有办法的事情
自然的法则
就是这样
新鲜的伴着浪漫
不要嘲笑花蕾的幼小
它会有怒放的那一天
无法压制的年轻
是岁月捧出的桂冠

即便成功使我们声名远扬

即便有一天
成功使我们声名远扬
我们又怎能忘却
心中的梦想
怎能忘却　昨夜窗前
那簇无语的丁香

大路走尽　还有小路
只要不停地走
就有数不尽的风光
属于鲜花　微笑　和酒杯
怎比得属于原野　清风　和海洋

致理想

你不是神话里缥缈的梦幻
你是现实中一团燃烧的火焰
当你在茫茫夜海里闪现
便是对我的无声召唤
于是，我扬帆向你驶去
怀着无比的坚毅和勇敢

也许途中
风雨会把船帆撕碎
也许途中
恶浪会把桅杆打断
但，永远打不断的是脊骨
永远撕不碎的是信念
小船在风雨里破浪穿行
呵，我是海燕
——我是海燕

只要明天还在

只要青春还在
我就不会悲哀
纵使黑夜吞噬了一切
太阳还可以重新回来

只要生命还在
我就不会悲哀
纵使陷身茫茫沙漠
还有希望的绿洲存在

只要明天还在
我就不会悲哀
冬雪终会悄悄融化
春雷定将滚滚而来

妙龄时光

不要轻易去爱
更不要轻易去恨
让自己活得轻松些
让青春多留下些潇洒的印痕

你是快乐的
因为你很单纯
你是迷人的
因为你有一颗宽容的心

让友情成为草原上的牧歌
让敌意有如过眼烟云
伸出彼此的手
握紧令人歆羡的韶华与纯真

我就是我

每一个春天　都是送给花朵
每一个机会　都是送给你我
每一个明天　都靠今天把握
每一个成功　都蕴含着执著
我就是花朵　在春光里开放
我就是我　在追求中显出生命的本色

学会等待

不要因为一次失败就打不起精神
每个成功的人背后都有苦衷
你看即便像太阳那样辉煌
有时也被浮云遮住了光明

你的才华不会永远被埋没
除非你自己想把前途葬送
你要学会等待和安排自己
成功其实不需要太多酒精

要当英雄何妨先当狗熊
怕只怕对什么都无动于衷
河上没有桥还可以等到结冰
走过漫长的黑夜便是黎明

旅行

凡是遥远的地方
对我们都有一种诱惑
不是诱惑于美丽
就是诱惑于传说

即便远方的风景
并不尽如人意
我们也无需在乎
因为这实在是一个
迷人的错

到远方去　到远方去
熟悉的地方没有景色

我乘着风儿远游

我乘着风儿远游
恨不得走到天涯尽头
再好的地方呆得太久
也能够让人发愁

我不想在热闹中感受寂寞
我不想在欢乐里生出烦忧
我愿意走向自然
喝风成餐　饮雨如酒
噢，我乘着风儿远游
远游　远游　不回头

五月，在校园

五月的鲜花
簇拥着五月的校园
五月的校园
呵护着五月的青年

在五月风华正茂的阳光下
他们让胸膛
渐渐涨满汹涌的蔚蓝
她们的双臂
缓缓拉起梦中的白帆

我们谈论动荡的世界
也谈论改革的中国
我们设计绚丽的今天
也设计辉煌的遥远
我们纪念五月
五月也把我们纪念

梅花时节

雪花飞舞若蝶
一片银色世界
倚窗向外眺望
关山重重叠叠

白雪覆盖了一切
留下了一片纯洁
人心用什么覆盖
真喜欢这梅花时节

海的温柔

寂寞的时候
便低下了头
留一个影子在身后
欢乐的时候
便抬起了眸
送一道波光在时空里走

柔情似水
总是很静很静
很静
是海的温柔

寂静的山野

桦树林还有雪还有月
马和雪橇的影子
如舒伯特笔下滑行的音阶
远方村庄的灯火明明灭灭
猎人留恋山野

山野很寂静
一条溪水的声音也能
流得很远很远
昭示季节
清冽的水面上
漂浮着一片落叶

秋

秋天常常令人伤怀
因为那里有一份生命的无奈
萧瑟更加重了这种气氛
思潮不由在落叶中徘徊

自古有多少寂寞的人伤秋
望河水漂枯叶一年又一年
自古有多少伤秋的人寂寞
看天空飞疾鸟一载复一载

我说，秋是有一种悲
可那是悲壮　不是悲哀
我说，秋是有一阵风
可那不仅有风沙　更有风采

人在冬天

尽管春天很美丽
可有时候
我还是想回到从前去
回到那白雪飘飘的日子里

捧那晶莹的雪
吸那清凉的空气
在寒风凛冽的时候
就围在暖洋洋的炉火旁
烤着红薯　忆往昔

人在冬天
总是没有距离

三月

你还没有来
思念就已经发亮
我有一个蒲公英的梦
在时光的背后隐藏

想吗
真想
春天的柳絮
纷纷扬扬
但，那不是轻狂

雨很甜
云很秀
风很香
哦，三月
三月深处
是淋湿了的故乡

故乡

有一片繁茂的老榕树
总是让我向往
还有那海风
和海风梳理过的灯光
我的记忆
常常走不出
那条蔚蓝色的走廊
走廊里
银灰色的海鸟在飞翔
汹涌的潮水
像时代一样涌来
又像历史一样退去
涌来退去
都敲打着心灵的门窗
门窗訇然而开
里面悬挂着的是
太阳金色的肖像

音乐

潮汐把柔长的鞭子甩响
森林梦一般歌唱
狂飙凄厉地与太阳搏斗
乌云偷袭了皎洁的月亮

平原上的风快乐地奔走
气势磅礴的瀑布
落成令人瞠目的风光
一位慈眉善目的老人
娓娓述说一个动人的故事
把一块七彩宝石
悄悄放在你我心上

永恒的心

岁月如水
流到什么地方
就有什么样的时尚
我们怎能苛求
世事与沧桑

永不改变的
是从不羞于见人的
真挚与善良

人心
无论穿什么样的衣裳
都会　太不漂亮

惜时如金

——题一幅摄影

用心灵追赶金色的时间
用憧憬编织绚丽的花环
捧起庄严的书本
走向风
走向雨
走向大自然

思索在历史的沙滩
听大海弹奏如泣的慢板
摆动不懈的双脚
耸起巍峨的信念
让今日的宁静
掀起明天的狂涛巨澜

咏春

夏太直露
冬又不那么温柔
秋天走来的时候
浪漫便到了头

多情还夸春日
推开窗户
只一阵　清风吹来
便把心醉透

无奈却是春雨
喜上眉头偏带忧

看海

海耸起脊背
白鸥在波涛上飞
远方灰蒙蒙一片
仿佛是沧桑的深邃

沉在浪花下面的船
是一支历史的舰队
天上的白云
是舰队昨日的帆影
紧紧跟随
不是海上没有历史
而是历史被深埋在她的胸膛内

春天来了

语言
遗失了风韵
最悦耳的
是天籁的声音
河流欢笑起来
绿柳垂钓着白云

杏树的枝头
挂满五颜六色的目光
每一阵风里
都有数不清的追寻

自然的女儿
已经到了出嫁的年龄
美丽的脸庞
泛起了红晕

人们步履轻盈
走向缤纷的剧场
聆听春风的手指
拨响大地的竖琴

钢琴

还没有弹
夕阳　就已流淌出
愉悦的旋律
给我　十倍于你金钱
也无法让我
如此欢畅地呼吸
圣洁是一种感情
这种感情　价值无法代替

月光

风
水一般清凉
田野
梦一样安详
飘散的是蓝色的雾
飘不散的是银色的池塘
噢,月光

箫声
自远方游来
蛐蛐儿
在石板下轻唱
江水随思绪流走
夜露洗净了迷惘
哦,月光

星星
是月亮挥洒的泪滴
月亮
是太阳沉重的哀伤

世界的背面是憧憬
明天的明天是希望
噢，月光

神奇的宫殿

星期天
到图书馆去
去晒晒地中海的太阳
去淋淋雾伦敦的雨
那真是个富有魅力的地方
宏大、瑰丽
而且神奇

进去前
眼前的景物
还是那么混沌迷离
出来时
世界
就变得很清晰

海之子

开始是喜欢大海
后来是喜欢你了
有着大海的气息
还拥有大海所没有的
善解人意和顽皮

木船悬挂着期望出海
螺号里起伏着蔚蓝色的呼吸
大海　螺号和白帆孕育的孩子呵
坦荡　自然而纯洁
令活得很累的我们
不仅欣赏　而且着迷

青檀树

青檀树花开的时候
是我的生日
青檀树生长的地方
也生长诗

青檀树长得很高
很朴素
浅灰色的树皮
后来成了
董其昌和张大千
笔下的宣纸
青檀树下
是北方的土地
青檀树上
是南方的风
青檀树里
有我生长的影子

都市风景

森林里散发着好闻的松脂味
远远望去
薄雾裹着的小木屋
宛若一首诗

淙淙的溪水
像日子一样从树梢上流走
活泼的松鼠
使林子更宁静

没有污染的地方
是心灵最好的栖息地
没有污染的心灵
是都市最美丽的风景

晚归

每一个黄昏
都是绮丽的风景
潺潺的河水
流着青山的倒影

每一个归人
都有田野的芳馨
悠悠的扁担
挑着对大地的深情

日晷

日晷已成了遗迹
只是用来说明某些道理
历史在不断地演变
留下的是些筛了又筛的记忆

没有人烟之处
草木萋萋
车水马龙的地方
少了些自然和真实

日晷无言
有声有色的是人世间的
来来去去

读史

有一个秋天已成往昔
尘土埋葬了
那个萌芽在春天的消息
落叶在大河上漂流
站在岸边的悲伤
挥也挥不去

这片土地
英雄很多
是因为苦难很多呵
那是一种沉重的光荣
也是一种古老的忧郁
好在倒下的人
永远没有站起来的多
那在夜色中闪亮的
有星星　更有火炬

镜子

拿起你来
你仍然是我少年时的样子
日子，还是那么宁静
我却已不是
一首活泼天真的诗

拿起你来
常感叹岁月的流逝
那路太远
那山太高
跑也不是　走也不是

拿起你来
在心中默默祈求
岁月，无论怎样
改变我的容颜
只是　请千万保留我
最初的品质

失落的村庄

我没有打败你
是你打败了自己
你想撕去的是一百年后的日历

你把那一天
想象成为你绽放的含笑花了
可是　你的眼睛
并非能穿透漫长的风雨

你感到心在不断受伤
因为失去了今日的村庄
有什么理由轻视今日的建筑呢
谁能够证明
昨天的灿烂
今天就不再辉煌

春天是生长故事的季节

春天是生长故事的季节
和故事一起翩飞的
是美丽的彩蝶
有的故事那么纯洁
你可知道
因为滋润这故事的
是昨日的雪

即便有一天
从前走过的小路
已变得荒芜
苔藓已绿了台阶
可是记忆之花不会凋落
它会绽放在有雨或无雨的
日日夜夜

倾听寺院的钟声

庙宇因为有佛
便高出了一切大厦
无论怎样尊贵的头颅
在这里也曾悄悄低下
更无需说不论怎样的山高水远
也不能动摇朝拜者的步伐
那四季不灭的香火
飘浮着最虔诚的表达

我来这里
并不是为了诉说
而是面对那金色的庄严
我会感到心灵的净化
于是，在城市的喧嚣中
我常常向往
倾听寺院那悠远的钟声
一下　一下

路灯

街边，站立着一盏盏路灯
路灯的手
碰弯了一个个思绪
路灯的眼
拉直了一道道身影

在橘黄色的灯晕里
雪花，愈发闪亮
细雨，愈发迷蒙

一个个孩子
在高高的灯柱下长大
一个个故事
在淡淡的灯影里出生

朋友，请听我说
有灯的地方
一定会有路
有路的地方
不一定有灯

心中的诗和童话

雪轻轻落下
那是多少人心中的
诗和童话
这是开得最短暂
也是开得最多的花啊
凉凉的
却不知温暖了
多少心灵的家

你在回忆

你在回忆幸福
是否因为现在的痛苦
是否蓦然发现要引经据典
却忘了出处

你在回忆年少
是否因为现在的老
英雄暮年
是否只有在回忆中
你才能找回往日的
风采与骄傲

你在回忆初恋
是否因为现在的孤单
当你站在秋风里
是否在感伤那落叶片片

你在回忆中度日
你真的老了
老到只拥有回忆
那满天的雪花
也成了飞舞的碎片

望海

你问我为什么久久不愿离去
因为大海是我最喜欢的书籍
没有哪一本书
我能读得如此
神清气爽　心旷神怡
倾心　如不弃不离的棕榈
不能再见到你
也许　是我唯一的畏惧
有一种爱无法舍弃
就像鸟儿无法割舍自己的翎羽

布达拉宫

蓝天是宁静的海洋
白云是流动的哈达
蓝天白云下的布达拉宫
仿佛一幅庄严肃穆的油画

我们凝视她
仿佛端详一个民族的历史
她凝视我们
仿佛打量沧海桑田的变化

藏地男孩

有一种纯朴
让人无法忘怀
有一种可爱
阳光也会青睐
有一种微笑
诠释着善良
有一种悠然
似清风扑面而来
而你都有
远在高原的
——藏地男孩

云南 "莫奈"

云南的黑龙潭水
倒映出的却是
莫奈印象
许多许多年的从前
有谁能想得出
艺术原来可以这样

是呵，可以这样
可以那样
艺术上没有多少不可以
不可以的是缺少想象

毕业

我们从这里起航
走向遥远的地方
当我们走向明天
又怎能把昨日遗忘
回首昨日
那郁郁葱葱的日子
有过青涩
也有过芬芳
更有的是
相遇　相识　相知
那瑰丽的宝藏
今天　我们流泪了
那可不是忧伤——是歌唱
今天　我们分别了
那可不是遗失——是珍藏

向往

我不想看到太多装饰
心向往朴素和自然
生活不能总像舞场
你来我去的都是假面

没有真诚
何苦浪费许多表情
没有真话
何必枉费许多时间

我不想用今日之杯
盛来日的悔憾

生活片段

泡一杯清茶
让目光像犁
深掘遥远的字迹
运笔如泼
心绪　绵延千里万里
月光溢出来的时候
心潮　溶了进去

倘若才华得不到承认

倘若才华得不到承认
与其诅咒　不如坚忍
在坚忍中积蓄力量
默默耕耘

诅咒　无济于事
只能让原来的光芒黯淡
在变得黯淡的光芒中
沦丧的更有　大树的精神

飘来的是云
飘去的也是云
既然今天
没人识得星星一颗
那么明日
何妨做　皓月一轮

诗人

纸烟
亮着的台灯
还有出鞘的钢笔

写字台上
搁置着风从远方
吹来的消息

烟蒂堆积如山
墨水在瓶里退潮了
退了潮的沙滩上
躺着一本蓝色封皮的诗集

或许

或许　我们纯真的愿望
终归只能成为一个美丽的梦想
或许　走遍了万水千山
依然找不到太阳升起的地方
或许　正是前路漫漫
才使我们又是神往　又是忧伤
或许　正因为我们
并没有被许多或许羁绊
生命才会变得
勃勃茂盛　不可阻挡

惟有追求

生活是一望无际的大海
我是大海上的一叶小舟
大海没有平静的时候
我也总是
有欢乐　也有忧愁

即使忧愁
如一碗苦涩的黄连
即使欢乐
如一杯香醇的美酒
把它们倾注在大海里
都太淡了　太淡了
一如过眼烟云
不能常驻我心头

惟有追求
永远和我相伴
在风平浪静的时候
也在浪尖风口

诽谤

诽谤是一把刀子
总想把无辜逼上绝路
躺倒的确可以苟活
失去的却是高度

想来的就来吧
眼泪不是我的归宿
打开黑色的窗户
让玻璃一样的目光
从苦难的囚禁里射出

不要总说 "好吧"

不要总说 "好吧"
我们毕竟不是池塘里
只会单调重复的青蛙
既然有思想
那就让思想昂首
既然有意志
那就让意志挺拔
既然厌恶虚伪
那就让任何虚伪构成的建筑
全都无可挽回地崩塌

还要学会说 "不"
是的——不
即便在美妙的时刻
这也可以是最为出色的回答
在否定的灯标旁
那条美丽的帆船
正向着黛色的远方进发

不想告别

耳朵里刮过摇滚
却并不想告别古典
金属的声音划破了假面
心更留恋绿色和自然

不要对我说
在阳光下堆一个
美丽的雪人
便是堆起了一个遗憾
美即便只是瞬间
记忆却可以久远

金属的声音像裂帛
回荡着一个时代的灿烂
也有一种颜色并不矫饰
自自然然
代代相传

艺术及其他

请原谅我
背叛了你的模式和准则
如果你属于历史
时代需要我

一代人
有一代人的声音
就像一代人
有一代人的姓名

我不能走在你的前面生活
你也无法阻拦钟声在黎明响着

回忆

尽管有时
会如一支洞箫在秋风里落寞
尽管有时
哀伤会似雨水在大地上溅落
只是　困顿时从不改执著
只是　即便心如死灰也总能复活

冷嘲像冬
却给了我清醒的头脑
热讽像夏
却给了我健康的肤色

我不仅要活出精彩
而且要让精彩为我而活

生命的真实

因为现实不尽美好
心灵才有那么多白云的向往
因为生活严峻
向往才用手托起温暖的月亮
责任，并不就是
整天一副冰山般的深沉状
空洞的宣言和崇高的大话
难以同有血有肉的灵魂
发生碰撞
平凡就像泥土
并不意味着荒凉
激昂的未必是山
平缓的未必不是江
生命的真实为什么不能像水塘
懂得贮存
也不吝啬流淌

自爱

你没有理由沮丧
　　为了你是秋日
彷徨

你也没有理由骄矜
　　为了你是春天
把头仰

秋色不如春光美
春光也不比秋色强

假如你不够快乐

假如你不够快乐
也不要把眉头深锁
人生，本来短暂
为什么　还要栽培苦涩

打开尘封的门窗
让阳光雨露洒遍每个角落
走向生命的原野
让风儿熨平前额

博大可以稀释忧愁
深色能够覆盖浅色

感觉

欢乐总是太短
寂寞总是太长
挥不去的
是雾一样的忧伤
挽不住的
是清晨一样的时光

能把这一切记住的
唯有笔
和一颗无垠的心
满含期待的眼睛
——热泪盈眶

孤独

追求需要思索
思索需要孤独
有时，凄清的身影
便是一种蓬勃
而不是干枯

两个人
也可以是痛苦
一个人
也可以是幸福
当你从寂寞中走来
道路便在你眼前展开

赠

人们都说
命运对你格外的恩宠
你却时常忧戚
时常感到心
像幽潭里的石头般沉重

我不敢想
如果你像那些
历经艰辛和磨难的人们
又会是怎样的呢

不过，我相信
只要不对生活期求的太多
你就会感到轻松
就会露出欢容
即使世界萧索
也自会是一片葱茏

生命总是美丽的

不是苦恼太多
而是我们的胸怀不够开阔
不是幸福太少
而是我们还不懂如何生活

忧愁时，就写一首诗
快乐时，就唱一支歌
无论天上掉下来的是什么
生命总是美丽的

风格

不是因为格外美丽
不是因为异域沧桑
风格
自有一种力量

远行，方有一种心境

夜阑人静
偶闻遥远的吠声
在这远离故乡的地方
月光清凉如水
树影婆娑如梦
思绪缓缓地流动

忆起少年往事
往事像窗外的流萤
有几多可笑几多可恼
全被岁月——抚平
不知为什么
今夕　会想起太多
或许
远行，方有一种心境

世事望我却依然

不要问我为什么惆怅
不要问我为什么无言
你知道
有一些事情难以说清
我只想独自品味孤单
不必向我诉说春天
我的心里并没有秋寒
不必向我解释色彩
我的眼里自有一片湛蓝
我叹世事多变幻
世事望我却依然

生活常是这样

心冷的时候
你会觉得每一个
季节都凉
星星仿佛是冰做的光

其实　大地并非那样寒冷
否则
檫树怎么会摇动
满目清香

生活常是这样
你所失去的
命运会用另一种方式补偿
桂花枯萎的时候
菊花又亮新妆

选择

你的路
已经走了很长很长
走了很长
可还是看不到风光
看不到风光
你的心很苦　很彷徨

没有风帆的船
不比死了强
没有罗盘的风帆
只能四处去流浪
如果你是鱼　不要迷恋天空
如果你是鸟　不要痴情海洋

如果生活不够慷慨

如果生活不够慷慨
我们也不必回报吝啬
何必要细细地盘算
付出和得到的必须一般多

如果能够大方
何必显得猥琐
如果能够潇洒
何必选择寂寞

获得是一种满足
给予是一种快乐

我把小船划向月亮

请不要责怪我
有时　会离群索居
要知道
孤独也需要勇气

别以为　有一面旗帜
在前方哗啦啦地招展
后面就一定会有我的步履
我不崇拜
我不理解的东西

我把小船划向月亮
就这样划呵
把追求和独立连在一起
把生命和自由连在一起

不能失去的是平凡

总有许多梦不能圆
在心中留下深深的遗憾
当喜鹊落在别人的枝头
那也该是我们深深的祝愿

是欢乐就与友人共享
是痛苦就独自默默承担
任愁云飘上安静的脸庞
人心永远向着善

生命可以没有灿烂
不能失去的是平凡

留一颗心给尊严

都市愈来愈繁华
我却不希望高楼遮住天
人心愈来愈难测
我却不希望冰霜盖住脸
脚步愈来愈急匆
我却不希望那都是为了钱
海风愈来愈强劲
我却不希望改变你我的容颜

高楼
留一片天空给大地
人心
留一份真诚给朋友
脚步
留一些从容给自然
我们
留一颗心给尊严

必须坚持

必须坚持
为了不被淹没
必须坚持
既然不想苟活
必须坚持
为了不被视为弱者
必须坚持
既然想证明什么
必须坚持
坚持到最后一刻

不因小不忍

风雨会使我们变得强壮
挫折会使我们变得坚强
一些成熟的思想
和宝贵的品质
来自于受伤

不要害怕嘲讽的目光
也不要害怕别人的蜚短流长
许多时候
沉默就是一种最好的抵抗
水一样存在
树一样成长
不因小不忍
偏移大方向

因为平凡

因为平凡
所以很少有人青睐
因此专心致志生长
因为平凡
所以很少有人热情
因此在冷漠中懂得善良
因为平凡
所以很少有人关照
因此不得不学会坚强
因为平凡
后来他成了不凡的人

光阴的对话

谱一支歌
一支遥远的歌
喜欢歌的人
不会寂寞
写一幅字
一幅飞扬的字
那播撒下的
是年华的种子
画一张画
一张传世的画
画里画外
那是光阴的对话

不要那么多"学问"

不要那么多"学问"
这会妨碍心灵的靠近
多么美好　原野的自然
让人感觉清新

更甭提那蹩脚的
故作深沉
玄虚就像厚厚的脂粉
让人觉得恶心
像风的流动
像雨的滋润
真正的深刻是简洁
真正的成熟是单纯

可以不是

可以不是作家
但要留下不朽的作品
可以不是画家
但要留下传世之画
可以不是音乐家
但要留下动人的音乐
可以不是伟大
但要让质朴闪烁光华

还是未来

这个世界变化太快
让人记不住昨日的精彩
仿佛一支
不断前行的船队
掉队了　便预示着一种悲哀

船已远离了岸
置身于海
远方不仅是生存的土地
还是未来

希望的胚芽

坐看夕阳
夕阳里有海鸥飞翔
和水面上
燃烧着的波光
浪在礁石上开花
一朵又一朵
彼伏此起怒放
原来，石头上也并非
什么都不能生长
有希望的胚芽
就一定能找到绽放的土壤

你就是你

如果你是大河
何必在乎别人把你说成小溪

如果你是峰峦
何必在乎别人把你当成平地

如果你是春天
何必为一瓣花朵的凋零叹息

如果你是种子
何必为还没有结出果实着急

如果你就是你
那就静静微笑　沉默不语

如果你选择了路

如果你选择了路
我便选择河流
你有坚韧的双脚
我有破浪的轻舟

我不想跟随你走
是因为我不愿落在人后
原谅我吧
虔诚不够　崇拜不够

你有你的烂漫
我有我的锦绣

成功有时就是那么简单

成功有时就是那么简单
当别人误入歧途的时候
而你没有

成功有时就是那么简单
当别人半途而废的时候
而你没有

成功有时就是那么简单
当别人故弄玄虚的时候
而你没有

成功有时就是那么简单
当别人孤芳自赏的时候
而你没有

成功有时就是那么简单
当别人绞尽脑汁急于成功的时候
而你没有

高傲不是高贵

高傲不是高贵
自赏不是纯粹
在晦涩和深奥的背后
可能不过是一堆
鸡零狗碎

李白爱酒
贪杯的却不一定
都是才子
而可能是落魄的酒鬼

我相信
如果真有一双翅膀
——迟早会飞

闪光的生命不易老

裂变的情感
仿佛夏日隔夜的盛宴
味道已变
样子也不再好看
既然已准备倒掉
又何必留恋

珍惜生活
努力活得像星星一样璀璨
闪光的生命不易老
它总是那么光彩
灿烂在岁岁年年

我干吗不快乐

谁都会有
不被理解的苦恼
既然谁都会有
我又何必祈祷

谁都会有
遇到烦心事的苦闷
既然谁都会有
我又何必伤神

谁都会有
被人误解的委屈
既然谁都会有
我又何必让心哭泣

谁都会有
遇到喜事的快乐
既然谁都会有
我干吗不快乐

幸运并不可靠

幸运并不可靠
就像一张年深日久的唱片
不知什么时候就会跑调
或者　像一堆阳光下的积雪
很容易就被融化掉

可靠的只有自己
自己的辛劳
真实如岛上的石礁
增强自己的实力
如强健身体
这样　天气变幻的时候
不容易感冒

活得真

生命在夹缝中求生存
虽然渺小
却活得真

只要心里有阳光

手中的香茗已不知去向
只有窗台花散发着阵阵清香
暧昧的橙色开始变红
远处的音乐依然在响
……

明天不知道会怎样
只希望没有眼泪　没有悲伤
什么时候才能找回真实的自己
我不愿去想
……

前途迷茫
但心里却还有一点希望
我愿意相信
只要心里有阳光
明天　终会豁然开朗

幸福　有时很简单

现实与理想之间
有一面无形的墙
放眼望去
白云下
有多少祈祷的目光
戈壁的尽头
又有多少颗心
像胡杨一样守望

失落源于曾经的期望
期望因为失落而受伤
幸福　有时很简单
就是用不着坚强

日子平淡就好

炭也不能总是燃烧
日子平淡就好
有一种成功或许更重要
比如总不见老

何必翻云覆雨
何必勾心斗角
活得累　怎么可能活得美妙

蚕儿做茧　鸟儿做巢
人生贵在心儿能够逍遥

淡点名　淡点利
深了笑容　浅了烦恼

手帕飘成了云彩

绿草如茵
巨松如盖
在通往寺庙的山路上
我们停下来

蜻蜓在阳光下逡巡
树叶在微风中摇摆
一阵突来的山风
卷走了你张开的手帕
手帕在温暖的注视中
飘成了云彩

淡淡的云彩悠悠地游

爱，不要成为囚
不要为了你的惬意
便取缔了别人的自由
得不到　总是最好的
太多了　又怎得消受
少是愁多也是忧
秋天的江水汩汩地流

淡淡的雾
淡淡的雨
淡淡的云彩悠悠地游

记忆永远年轻

因为有你同行
我记住了这处不知名的
风景
我爱上这里每一条溪水
和吹拂心灵绿色的风

许多著名的景色
因着岁月的久远都淡忘了
而这普普通通的小径
却常常蜿蜒在闪亮的眼眸中
生命可以苍老
而记忆永远年轻

嫁给幸福

有一个未来的目标
总能让我们欢欣鼓舞
就像飞向火光的灰蛾
甘愿做烈焰的俘虏

摆动着的是你不停的脚步
飞旋着的是你美丽的流苏
在一往情深的日子里
谁能说得清
什么是甜　什么是苦
只知道　确定了就义无反顾

要输就输给追求
要嫁就嫁给幸福

我心灵的天空蓝了

大雁从天上飞过
是为了追寻远方的云朵
小河从桥下流过
是为了寻找大海的浪波
骏马从草原奔过
是为了找到驰骋的感觉
你从烂漫的季节走过
让我心灵的天空蓝了

给我一个微笑就够了

不要给我太多情意
让我拿什么还你
感情的债是最重的啊
我无法报答　又怎能忘记

给我一个微笑就够了
如薄酒一杯，像柔风一缕
这就是一篇最动人的宣言啊
仿佛春天　温馨又飘逸

母亲的爱

我们也爱母亲
却和母亲爱我们不一样
我们的爱是溪流
母亲的爱是海洋

芨芨草上的露珠
又圆又亮
那是太阳给予的光芒
四月的日子
半是烂漫　半是辉煌
那是春风走过的地方

我们的欢乐
是母亲脸上的微笑
我们的痛苦
是母亲眼里深深的忧伤
我们可以走得很远很远
却总也走不出母亲心灵的广场

给父亲

你的期待深深
我的步履匆匆
我知道
即使步履匆匆
前面也还有
太多的荆棘
太远的路程

涉过一道河
还有一条江
翻过一座山
又有一架岭
或许
我就是这跋涉的命
目标永远无止境
有止境的是人生

慈母心

半是喜悦
半是悲哀
最难与人言的
是慈母的情怀
盼望　果子成熟
成熟了　又怕掉下来

送别

送你的时候
正是深秋
我的心像那秋树
无奈飘洒一地
只把寂寞挂在枝头
你的身影是帆
我的目光是河流

多少次
想挽留你
终不能够
因为人世间
难得的是友情
宝贵的是自由

祝愿

——写给友人生日

因为你的降临
这一天
成了一个美丽的日子
从此世界
便多了一抹诱人的色彩
而我记忆的画屏上
更添了许多
美好的怀念 似锦如织

我亲爱的朋友
请接受我深深的祝愿
愿所有的欢乐都陪伴着你
仰首是春 俯首是秋
愿所有的幸福都追随着你
月圆是画 月缺是诗

友人

月亮笑成香蕉
柠檬在玻璃杯里漂
来自友人的信笺
仿佛橄榄
让我慢慢咀嚼

那是一份真挚的友谊
美丽纯洁如冰雕
天冷的时候
才看得见形状
天热的时候
如此瑰丽的造型
找也找不到

我不期望回报

给予你了
我便不期望回报
如果付出
就是为了　有一天索取
那么，我将变得多么渺小

如果，你是湖水
我乐意是堤岸环绕
如果，你是山岭
我乐意是装点你姿容的青草

人，不一定能使自己伟大
但一定可以
使自己崇高

致
——给陌生的朋友们

当你向我敞开了心扉
我的心　便含满了泪水
我那颗疲惫不堪的灵魂
便体验到了一股温暖　一缕欣慰

成熟的友情像浆果
陌生的呼唤如新蕊
当我遥想你
远方的橄榄树
我的胸膛顿时充溢着
天空般　莹澈的喜悦
和海洋般　深深的忏悔

相知不在于距离

相知不在于距离
也许　这是网络创造的
一个奇迹
深知却必须走近
还要披挂上时光的蓑衣

过去的一切
能铭刻的寥寥无几
属于这寥寥无几的
都是最魅人或最烦人的记忆

真香无让

因了欲望像高楼一样疯长
便有了形形色色的粉墨登场
还有了说不清的链接
还有了道不尽的上网

面对五光十色的画笔
纯洁很难再是一面
粉白的墙
可是　仍有一种珍贵的东西
总让人想　就像那
真水无香　真香无让

知音

在淡淡的音乐中
我们相对而坐
任凭感觉像杯子里的柠檬
举起又滑落
如果话题老是重复
那还不如沉默
我们没有　永远没有
有的只是语言
总是在不知不觉中
走进朦胧　融入夜色

致友人

我没有太多的话
告诉你
走什么路　全在自己
只是愿你
不要太看重红色的花
和金色的果
不要太看重
名利　与　荣誉

即使没有辉煌的未来
如果能有无悔的往昔

图书在版编目（CIP）数据

热爱生命 / 汪国真著；蒋晓英导读. -- 武汉：长
江文艺出版社，2022.9
　　（暖心美读书：名师导读彩插版）
　　ISBN 978-7-5702-2705-1

　　Ⅰ. ①热… Ⅱ. ①汪… ②蒋… Ⅲ. ①诗集－中国－
当代 Ⅳ. ①I227

中国版本图书馆 CIP 数据核字（2022）第 069704 号

热爱生命

REAI SHENGMING

责任编辑：钱梦洁　任诗盈　　　　　　责任校对：毛季慧
整体设计：一壹图书　　　　　　　　　责任印制：邱　莉　胡丽平

出版：长江出版传媒 ｜ 长江文艺出版社
地址：武汉市雄楚大街 268 号　　　　邮编：430070
发行：长江文艺出版社
http://www.cjlap.com
印刷：湖北画中画印刷有限公司

开本：720 毫米×980 毫米　　　1/16　印张：9.25　　　插页：4 页
版次：2022 年 9 月第 1 版　　　　2022 年 9 月第 1 次印刷
行数：2664 行

定价：25.00 元
